여 행

여행

정 호 승 시 집

창비

차 례

제3부 ___

제1부

여행

사람이 여행하는 곳은 사람의 마음뿐이다
아직도 사람이 여행할 수 있는 곳은
사랑하는 사람의 마음의 오지뿐이다
그러니 사랑하는 이여 떠나라
떠나서 돌아오지 마라
설산의 창공을 나는 독수리들이
유유히 나의 심장을 쪼아 먹을 때까지
쪼아 먹힌 나의 심장이 먼지가 되어
바람에 흩날릴 때까지
돌아오지 마라
사람이 여행할 수 있는 곳은
사람의 마음의 설산뿐이다

슬픔의 나무

살아서는 그 나무에 가지 못하네
그 나무 그늘에 앉아 평생 쉬지 못하네
그 나무에 핀 붉은 꽃도 바라보지 못하고
그 나무의 작은 열매도 먹지 못하네
내 한마리 도요새가 되어 멀리 날아가도
그 나무 가지 위에는 결코 앉지 못하네
나는 기다릴 수 없는 기다림을 기다려야 하고
용서할 수 없는 용서를 용서해야 하고
분노에 휩싸이면 죽은 사람처럼 죽어야 하고
지금 있는 그대로의 나를 다 받아들여야 하네
그래야만 죽어서는 그 나무에 갈 수 있다네
살아 있을 때 짊어진 모든 슬픔을
그 나무 가지에 매달아놓고 떠나갈 수 있다네

적멸에게

새벽별들이 스러진다
돌아보지 말고 가라
별들은 스러질 때 머뭇거리지 않는다
돌아보지 말고 가라
이제 다시 보고 싶은 사람은 없다
이제 다시 보고 싶은 별빛도 없다
아지랑이 이는 봄 하늘 속으로
노고지리 한마리 한순간 사라지듯
삼각파도 끝에 앉은 갈매기 한마리
수평선 너머로 한순간 사라지듯
내 가난의 적멸이여
적멸의 별빛이여
영원히 사라졌다가 돌아오라
돌아왔다가 영원히 사라져라

이슬의 꿈

이슬은 사라지는 게 꿈이 아니다
이슬은 사라지기를 꿈꾸지 않는다
이슬은 햇살과 한몸이 되기를 바랄 뿐이다
이슬이 햇살과 한몸이 된 것을
사람들은 이슬이 사라졌다고 말한다
나는 한때 이슬을 풀잎의 눈물이라고 생각했다
때로는 새벽별의 눈물이라고 생각했다
그러나 이슬은 울지 않는다
햇살과 한몸을 이루는 기쁨만 있을 뿐
이슬에게는 슬픔이 없다

미소

부디
반가사유상처럼 미소 지을 수 있게 되길 바란다
도도히 흐르는 강물 위를 걸을 때나
바다에 넘어져 다시 일어나 흐느낄 때나
거친 삼각파도 위에 반가사유상처럼 고요히 앉은 자세로
평생에 단 한번
세상의 너와 나를 생각할 수 있게 되길 바란다
턱을 손에 괴고 눈을 아래로
낮은 데로 더 낮은 데로
저 땅 아래에서 물 아래에까지 내려가
인간의 낙엽으로 다시 썩을 수 있게 되길 바란다
너를 향한 내 인간의 자세가
너를 향한 내 인생의 미소가

손을 흔든다는 것

잘 있어라
눈빛은 차마 너를 보지 못하고
잘 가거라
마른침을 삼키며
호스피스 병동 병실에 누워
마지막으로 너를 향해
손을 흔든다는 것
창가의 어린 나뭇가지를 향해
나뭇가지에 앉은 흰 눈송이를 향해
차마 슬프다는 말은 하지 못하고
천천히 손을 흔든다는 것
인간이 인간에게 마지막으로
말없이 손을 흔든다는 것
그것은 풀잎이 땅을 흔든다는 것
별들이 밤하늘을 흔든다는 것
그래도 어디에서든
그 어느 때든
다시 만나자는 것

여행가방

너는 왜 떠날 생각을 하지 않니
언제까지 여기에 머물려고 그러니
이곳은 더이상 머물 곳이 아니야
어머니는 떠나시려고 하는데
아버지는 이미 떠나셨는데
너는 도대체 누굴 만나려고
머뭇거리고만 있는 거니
그동안 내가 무거웠다면
얼마든지 가벼워질 수 있어
떠나가는 동안에 가끔 노래도 부르고
배고프면 컵라면 하나 사 먹고
잠시 풀잎 위에 머무는 바람이 되면 돼
그동안 차가운 바람이 불어올 때마다
내 너를 위해 떠났지만
이젠 네가 나를 위해 떠나야 할 때야
제발 나를 이곳에 처박아두지 말아줘
떠나지 않으면 여행이 아니야

종착역

종착역에 내리면 술집이 있다
바다가 보이는 푸른 술집이 있다
술집의 벽에는
고래 한마리 수평선 위로 치솟아오른다
사람들은 기차에서 내리지 않고
종착역이 출발역이 되기를 평생 기다린다
나는 가방을 들고 기차에서 내려
술집의 벽에 그려진 향유고래와 술을 마신다
매일 죽는 게 사는 것이라고
필요한 것은 하고 원하는 것은 하지 말라고
고래가 잔을 건넬 때마다 술에 취한다
풀잎 끝에 앉아 있어야 아침이슬이 아름답듯이
고래 한마리 수평선 끝으로 치솟아올라야
바다가 아름답듯이
기차도 종착역에 도착해야 아름답다
사람도 종착역에 내려야 아름답다

신발 정리

당신 떠난 지 언제인데
아직 신발 정리를 못했구나
창 너머 개나리는 또 피는데
당신이 신고 가리라 믿었던 신발만 남아
오늘은 식구들과 강가에 나가
당신의 모든 신발을 태운다
당신이 돌아다닌 길을 모두 태운다
푸른 강물의 물결 위로
신발 타는 검은 연기가 잠시 머무는 것을 보고 생각했다
그날 당신이 떠나던 날
당신을 만나러 조문객들이 자꾸 몰려오던 날
나는 문간에서
이리저리 흩어지고 뒤집힌 그들의 구두를 정리했다
이제 산 자의 신발을 정리하는 일과
죽은 자의 신발을 정리하는 일이
무엇이 다르랴

무인등대

등대는 바다가 아니다
등대는 바다를 밝힐 뿐
바다가 되어야 하는 이는
당신이다

오늘도 당신은 멀리 배를 타고 나아가
그만 바다에 길을 빠뜨린다
길을 빠뜨린 지점을
뱃전에다 새기고 돌아와
결국 길을 찾지 못하고
어두운 방파제 끝
무인등대의 가슴에 기대어 운다

울지 마라
등대는 길이 아니다
등대는 길 잃은 길을 밝힐 뿐
길이 되어야 하는 이는 오직
당신이다

북촌에 내리는 봄눈

북촌에 내리는 봄눈에는 짜장면 냄새가 난다
봄눈 사이로 자전거를 타고
짜장면 배달 가는 소년이 골목 끝에서
천천히 넘어졌다 일어선다

북촌에 내리는 봄눈에는 봄이 없다
내려앉아야 할 지상의 봄길도 없고
긴 골목길이 있는 사람의 그림자도 없다
나는 오늘 봄눈을 섞어 만든 짜장면 한 그릇
봄의 식탁 위에 올려놓고 울지 않는다

마지막으로 세상에서 가장 맛있는 짜장면 한 그릇
먹고 싶어한 아버지를 위하여
봄눈으로 만든 짜장면을 먹고
넘어졌다 일어선다

혀를 위하여

봄이 와도 내 혀가 자라지 않기를
산수유 피는 노란 봄날이 와도
더이상 내 혀에 봄이 오지 않기를
해마다 내 혀는 자라
꽃이 피고 가지마다 거짓의 푸른 우듬지는 돋아
나는 후회한다
무릎을 꿇고 참회할 시간이 얼마 남지 않았다
입춘이 지나면 운주사 석불들이
한해 동안 자란 혀를 스스로 자르듯
나도 내 혀를 잘라
곰소젓갈 담그듯 천일염에 담그거나
배고픈 개들에게 던져줘야 한다
침묵의 말을 잊은
내 거짓의 검은 혀를 위하여
봄이 와도 내 혀는 산새가 되어 멀리 날아가라
날아가 다시는 돌아오지 마라

차나 한잔

입을 없애고 차나 한잔 들어라
눈을 없애고
찻잔에서 우러난 작은 새 한마리
하늘 높이 날아가 사라지는 것을 바라보라
지금까지 곡우를 몇십년 지나는 동안
찻잎 한번 따본 적 없고
지금까지 우전을 몇천년 만드는 동안
찻물 한번 끓여본 적 없으니
손을 없애고 외로운 차나 한잔 들어라
발을 없애고 천천히 집으로 돌아가
첫눈 내리기를 기다려라
마침내 귀를 없애고
지상에 내리는 마지막 첫눈 소리를 듣다가
홀로 잠들어라

초상화로 내걸린 법정스님

눈 오는 날 거리를 걷다가
초상화를 가르쳐주는 화실 앞을 지나다가
초상화로 내걸린 법정스님을 만났다
서울에 내리는 첫눈을 바라보는
법정스님의 맑은 눈이 눈에 젖는다
지금 이 순간을 열심히 살아라
지금이 바로 그때다
하나가 필요하면 하나만 가져라
법정스님이 오랫동안 불쌍히 나를 바라본다
네, 스님
만장도 없이 들것에 실려
사리 수습도 하지 않고 떠나가신 법정스님
말없이 말없는 대답을 드렸지만
나는 오늘도 내일을 걱정하면서
분분히 내리는 저 첫눈도 바라보지 못한다

별의 길

지금까지 내가 걸어간 길은
별의 길을 따라 걸어간 길뿐이다
별의 골목길에 부는 바람에 모자를 날리고
그 모자를 주우려고 달려가다가
어둠에 걸려 몇번 넘어졌을 뿐이다

때로는 길가에 흩어진
내 발에 맞지 않는
신발 몇켤레 주워 신고 가다가
별의 길가에 잠시 의자가 되어 앉아 있었을 뿐이다

그래도 어두운 별의 길가에서 당신을 만나
잠시 당신과 함께 의자에 앉아 있을 수 있어 감사하다
이별이라는 별이 빛나기 위해서는
밤하늘이라는 만남의 어둠이 있어야 했을 뿐

오늘도 나는 돌아갈 수 없는 별의 길 끝에 서서
이제는 도요새가 되어 날아간

날아가다가 잠시 나를 뒤돌아본 당신의
별의 길을 걷는다

토요일

토요일이 되면 모자를 벗는다
이제는 모자를 쓰고 바람 부는 거리를 다닐 수 없어
공손히 모자를 벗고
벽에 박힌 녹슨 못 위에 모자를 살짝 걸어둔다

토요일이 되면 구두를 벗는다
이제는 구두를 신고 부지런히 가야 할 곳이 없어
누군가가 내 구두를 신고 어디론가 급히 갈 것만 같아
가지런히 벗어놓은 구두를 깨끗이 닦아놓는다

토요일이 되면 호주머니를 뒤져 지갑을 버린다
이제는 돈을 쓸 수 있는 시간이 남아 있지 않아
더이상 내가 돈을 써야 할 일조차 없어
어두워지기 전에 누가 그 지갑을 주워가길 기다린다

그래도 토요일의 밤이 오면 잠을 자지 못한다
인생이란 낯선 여인숙에서의 하룻밤과 같다는
마더 테레사 수녀님의 말씀을 생각하며

잠들다 일어나 잠들지 못한다

마지막 첫눈

마지막 첫눈을 기다린다
플라타너스 한그루 옷을 벗고 서 있는
커피전문점 흐린 창가에 앉아
모든 기다림을 기다리지 않기로 하고
마지막 첫눈이 오기를 기다린다

첫눈은 내리지 않는다
이제 기다린다고 해서 첫눈은 내리지 않는다
내가 첫눈이 되어 내려야 한다
첫눈으로 내려야 할 가난한 사람들이
배고파 걸어가는 저 거리에
내가 첫눈이 되어 펑펑 쏟아져야 한다

오늘도 서울역까지 혼자 걸었다
돌아오는 길에 명동성당의 종소리가 들렸다
땅에는 저녁별들이 눈물이 되어 굴러다니고
내가 소유한 모든 것을 버릴 수 없어
나는 오늘도 그의 제자가 될 수 없었다

별들이 첫눈으로 내린다
가장 빛날 때가 가장 침묵할 때이던 별들이
드디어 마지막 첫눈으로 내린다
커피전문점 어두운 창가에 앉아
다시 찾아올 성자를 기다리며
첫눈으로 내리는 흰 별들을 바라본다

호스피스 병동

호스피스 병동 앞에는
문이 닫혀 있는데도 새벽부터 천사가 와 기다린다
살며시 문을 열고 누가 힘겹게 고개를 내밀고 그를 찾을
까봐
아침도 먹지 않고
병동 앞 나뭇가지에 앉아 새처럼 지저귄다

호스피스 병동의 문이 열리고 누가 길을 나서면
천사는 그의 손을 잡고 산책을 하기도 하고
햇살을 국수처럼 삶아 함께 먹기도 하고
나무 그늘에 앉아 조용필의 노래를 함께 부르기도 하지만

그는 병동 뜰 앞에 버려진 볼펜을 주워 편지를 쓴다
사랑하는 당신에게 오늘도,라고 쓰고 더이상 쓰지 못한다
천사가 슬며시 볼펜을 빼앗아 대신 쓰지만
천사도 사랑한다,라고 쓰고 더이상 쓰지 못한다

호스피스 병동의 밤에는 별들이 천사다

호스피스 병동의 새벽에는 북극성이 가장 아름다운 천
사다
　꽃은 어떻게 살아야 할지 방황하지 않지만
　호스피스 병동 뜰 앞에 핀 꽃들은 방황한다

아버지의 마지막 하루

오늘은 면도를 더 정성껏 해드려야지
손톱도 으깨어진 발톱도 깎아드리고
내가 누구냐고 자꾸 물어보아야지
TV도 켜드리고 드라마도 재미있게 보시라고
창밖에 잠깐 봄눈이 내린다고
새들이 집을 짓기 시작한다고
귀에 대고 더 큰 소리로 자꾸 말해야지

울지는 말아야지
아버지가 실눈을 떠 마지막으로 나를 바라보시면
활짝 웃어야지
어릴 때 아버지가 내 볼을 꼬집고 웃으셨듯이
아버지의 야윈 볼을
살짝 꼬집고 웃어야지

가시다가 뒤돌아보지 않으셔도 된다고
굳이 손을 흔들지 않으셔도 된다고
가시다가 중국음식점 앞을 지나가시더라도

짜장면을 너무 드시고 싶어하지 마시라고
아니, 짜장면 한 그릇 잡수시고 가시라고
말해야지

텅 빈 아버지의 입속에 마지막으로
귤 향기가 가득 아버지의 일생을 채우도록
귤 한 조각 넣어드리면서
사랑하는 사람과 이별하기 때문에 죽음이 아픈 것이라고
굳이 말씀하지 않으셔도 된다고
아는 사람은 다 안다고

한계령

한계령에 외로운 무덤 하나
동해를 바라보며
그만 울었으면

제2부

어느 소나무의 말씀

밥그릇을 먹지 말고 밥을 먹거라
돈은 평생 낙엽처럼 보거라
늘 들고 다니는
결코 내려놓지 않는
잣대는 내려놓고
가슴속에 한가지 그리움을 품어라
마음 한번 잘 먹으면 북두칠성도 굽어보신다
봄이 오면 눈 녹은 물에 눈을 씻고
쑥과 쑥부쟁이라도 구분하고
가끔 친구들과 막걸리나 마시고
소나무 아래 잠들어라

떠나가는 집

집이 나를 떠나간다
그동안 늘 내가 집을 떠났는데
이제는 집이 나를 떠나간다
빈집이다
어머니가 텃밭을 가꾸시던
늙은 아버지가 실패의 내 어깨를 두드려주시던
늘어지게 늦잠을 자도
집사람이 누룽지를 끓여주던 다정한 집이
불을 끄고 나를 떠나간다
잘 가라
가서 또 누구의 집이 되어 환히 불을 밝혀라
돌아갈 집이 없어도 나는 또 집을 떠나간다
마당에 있던 젊은 감나무
그 나뭇가지 끝에 외로이 날아와 앉던
한마리 새가 되어 떠나간다

바닷가

미황사 대웅전 주춧돌에 새겨진 어린 게 한마리
해남 새벽 바닷가를 고요히 거닐고 있다
푸른 별들이 환히 불을 밝히고
어린 게의 뒤를 천천히 따라가고 있다
나는 그 게가 다시 미황사 주춧돌로 돌아가기 전에
평생 그 뒤를 따라가며 울지는 말아야 한다

미황사 부도탑에 새겨진 어린 돌거북 한마리도
달빛에 바닷가로 게를 따라나와
밤의 파도와 놀다가 먼 수평선을 바라보고 있다
나는 그 어린 거북이 다시 미황사 부도탑으로 돌아가기
전에
평생 그 옆에 나란히 서서 수평선을 바라보아야 한다
그래야 내가 잠시 아름다운 인간이 될 수 있다

배반

십년 동안
꽃 한번 피우지 않은 춘란을 뒷산에 버렸다
더이상 배반당하고 싶지는 않았다
단 한번이라도 꽃 피기를 간절히 기도했으나
기도는 언제나 나를 배반하고
나는 언제나 기도를 배반했다
그래도 혹시 내가 춘란을 배반한 게 아닌가 싶어
며칠 뒤
봄비가 그친 뒷산에 올라갔다
깨어진 화분 틈으로 춘란이 허옇게 뿌리를 드러낸 채
꽃을 피우고
저 혼자 빙긋이 웃고 있었다

속죄

너희 중에 누구든지 죄 없는 사람이 먼저
저 여자를 돌로 쳐라

나는 그만 돌을 들어 그 여자를 치고 말았다

오늘도 새들이 내 얼굴에 침을 뱉고 간다

그물

그물로 물을 긷는다
그 물을 배불리 먹는다
그 물에 내 얼굴을 비춰본다
내 얼굴이 자꾸 부서진다
다시 해가 뜬다
그물로 물을 긷는다
물에서 물을 찾던 물고기 몇마리
그물에 걸려 올라오다가
나를 보고 웃는다

지푸라기

나는 길가에 버려져 있는 게 아니다
먼지를 일으키며 바람 따라 떠도는 게 아니다
지푸라기라도 잡고 싶은 당신을 오직 기다릴 뿐이다
내일도 슬퍼하고 오늘도 슬퍼하는
인생은 언제 어디서나 다시 시작할 수 없다고
오늘이 인생의 마지막이라고
길바닥에 주저앉아 우는 당신이
지푸라기라도 잡고 다시 일어서길 기다릴 뿐이다
물과 바람과 맑은 햇살과
새소리가 섞인 진흙이 되어
허물어진 당신의 집을 다시 짓는
단단한 흙벽돌이 되길 바랄 뿐이다

시각장애인 안내견

지하철을 탄 시각장애인 안내견 곁을
노숙자 한 사람이 낡은 허리를 구부리고
손에 든 모자를 내밀며 지나간다
아무도 동전 한닢 넣지 않는다
전동차는 수없이 문이 열렸다가 닫히고
시각장애인 안내견만이 천천히
꿇었던 무릎을 펴고 일어나
천원짜리 지폐 한장을 모자에 넣어주고
다시 주인 곁에 앉아 말없이 나를 바라본다
동호대교를 달리는 차창 밖에 초승달 하나
한강에 몸을 던진다

사과

우연히 들른 인사동 화랑에
입에 붓을 물고 그린 사과와
발가락에 붓을 끼워 그린 사과가
나란히 전시돼 있었다
그런 사과는 하루속히 화랑 밖을 빠져나와
과일가게에 진열되거나
과일 트럭 행상을 하는 청년에게 건네져야 한다
그래야 세상에서 가장 맛있고 아름다운 사과를
많은 사람들이 사 먹을 수 있다
그게 그들 사과가 가장 원하는 일이다

고드름

영랑 생가 초가 처마 끝에 매달린 고드름은 물의 모란이다
모란이 피기를 기다리는 찬란한 기다림의 물이다

낙산사 파도 소리 끝에 매달린 고드름은 바다의 적멸보
궁이다
새벽마다 길에서 길을 묻던
동해의 햇살이 달려와 깃드는 진리의 뒤뜰이다

종로 오피스텔 고층 난간에서 떨어진 고드름은 물의 시
체다
전생에 무슨 죄가 저리 많아 산산조각이 났을까

나는 어릴 때 처마 끝에 매달린 고드름을 따다 먹었다
어머니가 손수 반죽해서 만든 칼국수처럼
고드름으로 국수를 해 먹고 싶다는 생각을 한 적이 있다

손에 대한 예의

가장 먼저 어머니의 손등에 입을 맞출 것
하늘 나는 새를 향해 손을 흔들 것
일년에 한번쯤은 흰 눈송이를 두 손에 고이 받을 것
들녘에 어리는 봄의 햇살은 손안에 살며시 쥐어볼 것
손바닥으로 풀잎의 뺨은 절대 때리지 말 것
장미의 목을 꺾지 말고 때로는 장미가시에 손가락을 찔릴 것
남을 향하거나 나를 향해서도 더이상 손바닥을 비비지 말 것
손가락에 침을 묻혀가며 지폐를 헤아리지 말고
눈물은 손등으로 훔치지 말 것
손이 멀리 여행가방을 끌고 갈 때는 깊이 감사할 것
더이상 손바닥에 못 박히지 말고 손에 피 묻히지 말고
손에 쥔 칼은 항상 바다에 버릴 것
손에 많은 것을 쥐고 있어도 한 손은 늘 비워둘 것
내 손이 먼저 빈손이 되어 다른 사람의 손을 자주 잡을 것
하루에 한번씩은 꼭 책을 쓰다듬고
어둠 속에서도 노동의 굳은살이 박인 두 손을 모아

홀로 기도할 것

산책

별을 걸어간다
별의 산책로를 걸어간다
사랑하는 사람은 다 죽었다
다정히 손을 잡고 걸을 사람은 아무도 없다
꽃샘바람만 불어온다
죽음을 두려워하면 매일 죽지만
죽음을 두려워하지 않으면 단 한번밖에 죽지 않는데
그 누구와도 함께 걸어가지 못했다
분노가 느껴질 때마다 죽은 사람처럼 행동하지 못했다
그래도 걸었다
나뭇가지에다 옷을 걸어놓고 잠시 쉴 때도 있었다
눕는 것은 다만 나무의 그림자일 뿐
나무는 눕지 않는다
우는 것은 다만 나무에 기댄 사람들뿐
나무는 울지 않는다
길게 휘어진 산책로 끝으로
저녁 어둠이 뒤를 돌아보다가 황급히 사라진다
그동안 내게 돌을 던지던 당신에게

내가 빵을 던지지 못해 미안하다
당신이 내게 돌을 던질 때
내가 십자가를 던지지 못해 미안하다

상처

길을 가다가 새에게 물었다
당신은 누군가를 위해 상처받아본 적이 있는가
새가 부러진 날개를 펼치고
저녁 하늘 너머로 날아갔다

길을 가다가 풀잎에게 물었다
당신은 누군가를 위해 상처의 깊이를 쓰다듬어본 적이
있는가
풀잎들이 바람에 쓰러졌다가 일어나
천천히 손을 흔들었다

길을 가다가 돌아서서 달팽이에게 물었다
당신은 누군가를 위해 두 손 모아
상처의 눈물을 이슬처럼 받아본 적이 있는가
달팽이가 웃다가 울면서 절벽 위로 기어갔다

길을 가다가 돌아서서 나에게 물었다
당신은 누군가를 위해 상처받아본 적이 있는가

나는 무릎을 꿇고 나의 상처의 꽃만 꺾어들고
다시 길을 걸었다

불빛

때때로 과거에 환하게 불이 켜질 때가 있다
처음엔 어두운 터널 끝에서 차차 밝아오다가
터널을 통과하는 순간 갑자기 확 밝아오는 불빛처럼
과거에 환하게 불이 켜질 때가 있다
특히 어두운 과거의 불행에 환하게 불이 켜져
온 언덕을 뒤덮은 복숭아꽃처럼 불행이 눈부실 때가 있다
봄밤의 거리에 내걸린 초파일 연등처럼
내 과거의 불행에 붉은 등불이 걸릴 때
그 등불에 눈물의 달빛이 반짝일 때
나는 밤의 길을 걷다가 걸음을 멈추고 잠시 고개를 숙인다
멀리 수평선을 오가는 배들의 상처를 어루만지기 위해
등대가 환히 불을 밝히는 것처럼
오늘 내 과거의 불행의 등불이 빛난다는 것은 감사한 일
이다
살아갈수록 후회해야 할 일보다 감사해야 할 일이 더 많아
언젠가 만났던 과거불(過去佛)의 미소인가
불행의 등불을 들고 길을 걸으면 인생이 다 환하다

아침에 쓴 편지

오늘 아침에도 남의 불행을 통하여
나의 불행을 위로받으려고 밥을 먹었다
오늘 아침에도 좌변기에 앉아
상처받을 때까지 사랑하는 것을 두려워하지 말라는
당신의 말씀을 변기 속으로 흘려보냈다
나는 물 위를 걸은 예수의 흉내를 내다가 익사한 적이 있다
물로 포도주를 만들다가 만들지도 못하고
서너 차례 뺨을 얻어맞은 적도 있다
세상에서 가장 즐겁고 기쁜 날이 죽는 날이라고
누가 칼로 이슬을 자르며 웃는 웃음을 따라 웃다가
느닷없이 몰매를 당한 적도 있다
내가 고통받을 때마다 당신도 함께 고통받는다는
당신의 말이 나는 아직 의심스럽다
나의 불행을 통하여 남이 위로받기를 원하며 밥을 먹고
흰 거울을 보며 푸른 넥타이를 매기 전에
좌변기에 즐겁게 앉아 있으면
오늘 아침에는 불행한 사람도 불행하지 않은 사람도
미운 사람도 고운 사람도 없다

희망식당

희망식당의 물렁물렁한 순두부는 힘이다
희망식당의 가는 콩나물은 길이다
희망식당에 아침이 오면
길 잃은 개미들이 찾아와 밥을 먹는다
배고픈 거미들도 데리고 와 밥을 먹인다
여름이면 우박이 콩자반이 되어주고
햇살이 무채가 되어주고
바람이 가끔 찾아와 설거지를 해주고 가는
희망식당에서는 밥그릇이 희망이다
숟가락도 젓가락도 희망의 손이다
희망식당의 희망은 따뜻하다
희망식당에서는 아무도 작별인사를 하지 않는다
밥을 다 먹고
종이컵에 자판기 커피를 나누어 마시며
다시 만날 아침을 밝게 기약하면
바람이 목민심서의 책장을 넘기며 웃는다

희망의 그림자

내 지금까지 결코 버리지 않은 게 하나 있다면
그것은 희망의 그림자다
버릴 것을 다 버리고
그래도 가슴에 끝까지 부여안고 있는 게 단 하나 있다면
그것은 해질녘 순댓국집에 들러 술국을 시켜놓고
소주잔을 나누는 희망의 푸른 그림자다
희망의 그림자는 울지 않는다
아무도 함께 가지 않아도 스스로 길이 되어 걸어간다
인간이 저지르는 죄악 중에서 가장 큰 죄악은
희망을 잃는 것이라고
신은 인간의 모든 잘못을 다 용서해주지만
절망에 빠지는 것은 결코 용서해주지 않는다고
희망이 희망의 그림자에게 조용히 말할 때
나는 너의 손을 잡고 흐린 외등의 불빛마저 꺼져버린
막다른 골목길을 돌아나온다

한강철교를 지날 때마다

기차를 타고 한강철교를 지날 때마다
기차가 늘 청둥오리처럼 날아올라
나는 압록강으로 날아간다

기차를 타고 한강철교를 지날 때마다
기차가 늘 한마리 물고기가 되어
나는 압록강을 힘차게 거슬러오른다

기차를 타고 처음 고향을 떠나올 때
한강철교를 지나던 기차 소리
철커덕철커덕 철커덕철커덕
가난한 어머니의 그 텅 빈 물결 소리

기차를 타고 한강철교를 지날 때마다
기차는 늘 푸른 강물이 되어
나는 그리운 고향의 강물 소리를 듣는다

사직서

이제 그만 다니겠다고
희망의 어두운 그림자는 버리겠다고
아니 희망의 그림자라도 데리고 떠나겠다고
더이상 오지 않는 지하철은 타지 않겠다고
사직서를 쓴다
이제 꽃들도 그만 피어나겠다고
바람도 그만 불어오겠다고
개와 고양이도 잠들겠다고
아파트도 쓰러지겠다고
해도 다시는 뜨지 않겠다고
다들 사직서를 쓴다
그 어디에도 제출할 데가 없는데도
그 누가 받아주지 않는데도
사직서를 써서 가슴에 품고
오늘도 쓸쓸히 흔들리며 지하철을 타고
밤의 한강을 건너간다

제3부

산수유에게

늙어가는 아버지를 용서하라
너는 봄이 오지 않아도 꽃으로 피어나지만
나는 봄이 와도 꽃으로 피어나지 않는다
봄이 가도 꽃잎으로 떨어지지 않는다
내 평생 꽃으로 피어나는 사람을 아름다워했으나
이제는 사람이 꽃으로 피어나길 바라지 않는다
사람이 꽃처럼 열매 맺길 바라지 않는다
늙어간다고 사랑을 잃겠느냐
늙어간다고 사랑도 늙겠느냐

바람의 묵비

나는 운주사를 지나며 대웅전 풍경 소리를 울렸을 뿐
가끔 당신의 마음속 닫힌 문을 두드리는 문소리를 크게
내었을 뿐
당신이 타고 가는 기차가 단양철교 위를 지날 때
기차 지붕 위에 올라가 가끔 남한강 물결 소리를 내었
을 뿐
한번은 목포항을 떠나는 당신의 뱃고동 소리에 천천히
손수건을 흔들었을 뿐
묻지 마라 왜 사랑하느냐고 다시는 묻지 마라
바람인 나는 혀가 없다

손에 대한 묵상

인생을 돌아다닌 내 더러운 발을 씻을 때
나는 손의 수고를 생각하지 못했습니다
손이 물속에 함께 들어가 발을 씻긴다는 사실을
미처 생각하지 못하고
인생을 견딘 모든 발에 대해서만 감사했습니다

배가 고파 허겁지겁 밥을 먹을 때에도
길을 가다가 두 손에 흰 눈송이를 고요히 받을 때에도
손의 고마움을 고마워하지 못하고
하늘이 주신 거룩한 밥과
겨울의 희고 맑음에 대해서만 감사했습니다

당신이 내 찬 손을 잡을 때에도
내 인생의 야윈 어깨를 가만히 쓰다듬어줄 때에도
당신에 대해서만 감사하고
당신의 손에 대해서는 감사할 줄 몰랐습니다

발을 씻을 때 손은 발을 사랑했습니다

손은 다른 사람의 손을 잡을 때
가장 아름다운 손이 되었습니다
하나가 필요할 때 두개를 움켜쥐어도
손은 나를 버리지 않았습니다

내 손에 대한 후회

이제는 주먹을 펴야 한다
주먹을 펴지 않으면
아기가 엄마 젖을 만질 수 없듯이
주먹을 펴고
돌아가신 어머니의 젖가슴을 만져야 한다

더이상 주먹으로 풀잎을 때리지 말아야 한다
두 주먹을 불끈 쥐고 분노하기보다
두 손을 모으고 기도해야 한다
해가 져도 불끈 주먹을 쥐고 살아와
흰 구름을 향해서도 주먹질만 해

가을에 낙엽 한장 줍지 못하고
지나가는 기차를 향해 손 한번 흔들지 못하고
거리의 배고픈 개미들을 향해 손가락질만 하고
잠들기 전에 아기의 손 한번 잡아보지 못해

이제 분노의 주먹을 펴야 한다

무엇보다 당신의 손을 먼저 잡아야 한다
내 손등에 당신의 눈물이 뚝뚝 떨어지면
당신을 손가락질한 내 손을 탕탕
못질해야 한다

변산에서 쓴 편지

변산에서는 낙조대에 가지 않으려고 해도 가게 된다
낙조대에서는 해가 지지 않으려고 해도 지게 된다
아들아
서울에서 지는 해도 보지 못한 채 떠돌지 말고
빌딩 사이로 뜨는 해도 보지 못한 채 잠들지 말고
변산 앞바다에 와서 먼저 지는 해의 아름다움을 바라보라
해가 왜 지는지
해 지는 갯벌이 되어 세발낙지처럼 편안히 발을 뻗고 누워보라
소라껍데기 속에 웅크린 주꾸미처럼 웅크려
고요히 해 지는 소리를 들어보라
골목 끝까지 너를 따라다니던 희망의 흰 그림자가 비로소
웃음을 되찾고 자꾸 웃을 것이다
너도 덩달아 하얀 웃음의 알을 주꾸미알처럼 자꾸 낳을
것이다
지는 것은 사라지는 것이 아니다
지지 않고 어떻게 해가 뜨고
지지 않고 어떻게 너를 이길 수 있겠느냐

아무리 바빠도 아들아

오늘은 변산 앞바다에 떠오른 일몰의 연꽃처럼 왔다 가라

직소폭포 물소리에 한쪽 귀라도 씻고 돌아가라

가다가 격포 채석강 붉은 절벽에 매달려

만권의 책을 꼭 읽고 가라

자존심에 대한 후회

나에겐 버릴 수 있는 자존심이 너무 많은 게 탈이었다
돈과 혁명 앞에서는 가장 먼저 가장 큰 자존심을 버려야
했다
버릴 수 없으면 죽이기라도 해야 내가 사는 줄 알았다
칼을 들고 내 자존심의 안방 문을 열고 들어가
자객처럼 자존심의 심장에 칼을 꽂아도
자존심은 늘 웃으면서 산불처럼 되살아났다
어떤 자존심은 도끼로 뿌리까지 내리찍어도
산에 들에 나뭇가지처럼 파랗게 싹이 돋았다
버릴 수 있는 자존심이 너무 많아서 슬펐던 나의 일생은
이미 눈물로 다 지나가고
이제 마지막 하나 남은
죽음의 자존심은 노모처럼 성실히 섬겨야 한다
자존심에도 눈이 내리고 꽃이 피는지
겨울새들이 찾아와 맛있게 먹고 가는
산수유 붉은 열매가 달려 있다

콩나물을 키우는 여자

콩나물을 키우는 여자에겐 콩나물이 꽃이다
아침마다 꽃에 물을 주듯 콩나물에 물을 주면
산수유 피듯 연노란 콩나물꽃이 피어난다
여기저기 약봉지가 흩어진
어두운 방구석에 쪼그리고 앉아 봄이 올 때까지
콩나물시루에 물을 붓고 또 부으면
콩들이 그녀의 슬픔에 못 이겨 어둠 속에서도 꽃을 피운다
하루에도 몇번씩
물을 주는 여자의 손에 깊이 뿌리를 내리다가
담쟁이처럼 창밖으로 길게 벽을 타고 뻗어나가다가
보고 싶어 견딜 수 없는 얼굴이 떠 있는
새벽하늘을 향해 잔뿌리를 내린다
어둠 속에서 어둠의 물로
콩나물을 키우는 여자에겐 콩나물이 눈물이다
보고 싶어도 볼 수 없는 슬픔의 콩을 꺼내
콩나물시루에 반쯤 담고 물을 부으면
어둠 속에서도 산수유 같은 콩나물꽃들이 눈부시다

꼬리가 달린 남자

어느날 내가 키우던 개가 말했다
죽기 전에 내게 꼬리를 주고 싶다고
나는 웃으면서 손사래를 쳤으나
다음 날 아침 내 몸에 꼬리가 붙어 있었다
나는 놀라 얼른 화장실에 들어가 발가벗고
아무리 꼬리를 떼어내려 해도 떼어낼 수가 없었다
나는 하는 수 없이 꼬리가 달린 남자가 되어
개처럼 거리를 어슬렁거렸다
그 꼬리로 시를 쓰라고
누구보다도 내가 사랑하는 여자가 킬킬거렸다
그동안 개 같은 인간을 인간으로 생각하지 않은 게
나의 가장 큰 실수였을까
나는 꼬리가 달린 시인이 되어 성당에 가서
의자에 앉지는 못하고 서서 기도하다가 울었다
지금까지 내가 인생에게 속으며 살아온 것은
내가 인생을 속이며 살아왔기 때문이라고
울면서 기도했다

누룽지

나는 밥을 다 먹고 나서도 누룽지를 먹어야 배가 부르다
내 일찍이 밥을 먹을 때 배가 부르기를 바란 적 없으나
누룽지를 먹을 때는 늘 배가 부르기를 원한다
누룽지를 먹고 배가 불러 골목길을 어슬렁거리다가
  웃으면서 나를 바라보는 개들과 꼬리 치며 장난치기를
원한다
  밥 한 그릇을 다 먹고 나서도
누룽지를 먹어야 배가 부른 것은 언제나 용서받을 수 있다
젊은 어머니가 솥단지 바닥에 눌어붙은 누룽지를
닳아빠진 놋숟가락으로 빡빡 긁어주던
  살짝 설탕까지 뿌려주던 그런 누룽지가 아니라 하더라도
  누룽지를 먹고 배가 부른 것은 누구나 다 용서받을 수
있다
  쌀이 솥 안에서 기어이 눌어붙어 누룽지가 되는 까닭은
  그래도 밥을 굶는 사람이 있을까봐 자신을 눌어붙이는
것이므로
  창가에 자꾸 눈이 내리는 날 아침
  누룽지를 먹고 나서야 비로소 나는 배가 부르다

눈사람

크리스마스이브 날 밤
을지로입구역 롯데백화점으로 올라가는 지하계단 옆
몇명의 사내가 라면박스로 정성껏 집을 짓는다
땅속에 파는 관 자리처럼
한 사람이 누우면 꽉 들어찰 크기로 모서리를 맞추고
하루에 한번씩 하관하는 연습을 한다
지하에서 가장 아름다운 집
새들처럼 지붕을 짓지 않는
낡은 종이의 집에 하관하듯 들어가 사내들이 잠이 들면
슬며시 사내들의 그림자가 일어난다
먹다 남긴 김밥 몇 토막과
쓰러진 술병에 조금 남은 소주 몇모금을 마시고 집을 나
선다
거리엔 축복인 양 눈이 내린다
고요한 밤 거룩한 밤이라고 크리스마스 캐럴이 울려퍼
진다
비 오는 날 소의 등에 비닐을 씌우고 논갈이를 하던 아버
지와

아궁이에 고구마를 구워주던 어머니와
첫아이를 낳다 죽은 아내 이야기를 하며
노숙의 그림자들은 밤새도록 눈길을 걷다가
그만 지하도 종이의 집으로 돌아가지 못하고
눈사람이 되어 서서 잠이 든다

파리

한마리 파리도
푸른 하늘을 난다는 사실을 잊지 말아야 한다
우리가 푸른 하늘을 바라보며
흰 구름을 사랑할 때에도
한마리 파리가
푸른 하늘을 사랑한다는 사실을 잊지 말아야 한다
한마리 배고픈 파리가 밥상 위에 날아와 앉는 것은
한 그릇 밥의 거룩함을 깨달았기 때문일 뿐
파리를 내리치는 파리채여
파리채를 손에 쥔 인간의 손이여
멈추시라
파리도 하늘에서 불어오는 바람의 소리를 기뻐하며
새처럼 나뭇가지에 앉아 밤하늘 별을 바라볼 때가 있다
인간을 분노하게 하는 것은 인간일 뿐
인간이 지니지 못한
날개를 지닌 파리는 자유롭다

달팽이

집을 등에 지고 가는 그를 밟지 마시라
살짝만 밟아도 으깨지는 그를 그대로 두시라
그는 집을 별이라고 생각하고
별을 가볍다고 생각할 때가 있으므로
서울역 대합실이든 지하철 통로이든
기어가거나 걸어가거나
누구나 가는 길의 끝은 다 눈물의 끝이므로
봄비가 오고 진달래가 피어도 그냥 두시라
그는 배가 고파도 배가 부를 뿐
이미 진 꽃을 다시 지게 할 뿐
기어간 길을 또 기어갈 뿐
그래도 어머니는 그에게 기어가는 자유와
가끔 밤하늘을 바라볼 수 있는 용기를 주셨으니
비록 여름에 밭을 갈고
가을에 씨를 뿌린다 할지라도
밟지 마시라
봄비에 젖은 집을 등에 지고 술 취해
비틀비틀 기어간다 할지라도

지하철에서 쓴 편지

　지하철을 타면 사람들한테서 막 삶은 시래기 냄새가 난다
　큰 무쇠솥에 시래기를 삶으며 먼 산을 바라보던 어머니
냄새가 난다
　어머니 치맛자락에서 나던 부뚜막 설거지 냄새가 난다
　겨우내 처마 밑에 매달아놓았던 무청이 시들어가는 동안
　벌레가 먹어 구멍이 숭숭 난 시래기처럼 시들어가던 어
머니
　서울에서 이미 늙어버린 아들을 용서해주세요
　이제는 꽃으로 피어나지도 못하고
　열매 맺지도 못하는 아들을 용서해주세요
　길 없는 길이 늘 길이었어요
　천둥 치는 하늘이 늘 하늘이었어요
　정성껏 삶아 걸던 무청처럼 저를 삶아 어머니
　저도 햇볕 잘 들고 바람 부는 처마 밑에 매달아주세요
　오늘도 지하철을 탈 때마다 무장다리꽃에 앉은 나비가
되어
　어머니 무덤가로 날아갑니다

축복

입으로 똥을 눈다
어느날 좌변기에 앉아 신문을 보다가
이 개새끼 하고 소리치자 그만 똥이 입으로 나와버렸다
내가 놀라 여보 하고 소리치자 똥은 더 쏟아졌다
그날 밤 사랑해 하고 다정히 아내를 껴안자
똥은 침대 위로 계속 떨어졌다
똥을 누는 입으로 이제 사랑하는 사람과 키스할 수 없다
미사 중에 영성체를 입으로 가져가기는 더욱 죄송스럽다
그동안 내가 한 사랑의 말은 다 똥이 되었으나
입으로 똥을 누기 시작하면서부터 나는 진정 홀로 있게
되었다
깨끗한 침묵을 배우기 위하여
좌변기의 물에 거짓의 혀를 헹구고
무릎의 무릎을 꿇을 줄 알게 되었다

발에 대한 묵상

저에게도 발을 씻을 수 있는
기쁜 시간을 허락해주셔서 감사합니다
여기까지 길 없는 길을 허둥지둥 걸어오는 동안
발에게 미안하다는 생각을 미처 하지 못했습니다
뜨거운 숯불 위를 맨발로 걷기도 하고
절벽의 얼음 위를 허겁지겁 뛰어오기도 한
발의 수고에 대해서는 미처 생각하지 못했습니다
이제 비로소 따뜻한 물에 발을 담그고 발에게 감사드립
니다
굵은 핏줄이 툭 불거진 고단한 발등과
가뭄에 갈라진 논바닥 같은 발바닥을 쓰다듬으며
깊숙이 허리 굽혀 입을 맞춥니다
그동안 다른 사람의 가슴을 짓밟지 않도록 해주셔서
결코 가서는 안되는 길을 혼자 걸어가도
언제나 아버지처럼 함께 걸어가주셔서 감사합니다
싸락눈 아프게 내리던 날
가난한 고향의 집을 나설 때
꽁꽁 언 채로 묵묵히 나를 따라오던 당신을 오늘 기억합

니다
　서울역에는 아직도 가난의 발들이 밤기차를 타고 내리고
　신발 없는 발들이 남대문 밤거리를 서성거리지만
　오늘 밤 저는 당신을 껴안고 감사히 잠이 듭니다

신발

나는 그분의 신발을 들고 다닌다
지금까지 내가 살아오면서 한 일이라고는
그분의 신발을 들고 다닌 일밖에 없다
그분의 신발에 묻은 먼지로 밥을 해 먹고
그분의 신발에 담긴 물로 목을 축이며
잠들기 전에 개미처럼 고요히 무릎을 꿇고
그분의 신발에 입 맞춘 일밖에 없다
언제나 내 핏속을 걸어다니시는 그분
내 심장 속을 산책하다가
심장 속에 나무를 심으시는 그분
그 나무가 자라 꽃을 피우지 못해도
그 나무의 열매가 되어주시는 그분
그분은 아무것도 지니지 말고
신은 신발 그대로 따라오라 하셨지만
나는 언제나 새 신발을 사러 가느라
결국 그분을 따라가지 못하고
오늘도 그분의 신발을 들고 다닌다
그분의 발에 밟혀도 죽지 않는 개미처럼

그분의 발자국을 들고 다닌다
발자국의 그림자를 들고 다닌다

창문

창문은 닫으면 창이 아니라 벽이다
창문은 닫으면 문이 아니라 벽이다
창문이 창이 되기 위해서는
창과 문을 열어놓지 않으면 안된다

나는 세상의 모든 창문이
닫기 위해 만들어진 게 아니라
열기 위해 만들어졌다는 것을
아는 데에 평생이 걸렸다

지금까지는
창문을 꼭 닫아야만 밤이 오는 줄 알았다
많은 사람들이 창문을 열었기 때문에
밤하늘에 별이 빛난다는 사실을 알지 못했다

이제 창문을 연다
당신을 향해 창문을 열고 별을 바라본다
창문을 열고 나를 향해 손을 흔드는

당신의 모습이 보인다

물 먹는 법

목마를 때 오히려 사막을 마셔라
소금 같은 사막의 모래를 마셔라
목마른 낙타들이 다니는 길을 따라 걷다가
잠든 사막의 별을 마셔라
나는 오늘 사막에 떨어진 별 하나 주워
별 속에 출렁이는 바닷가
새들이 마시는 물을 마신다
새들이 알을 낳은 절벽을 깨뜨려
절벽의 물을 마신다

종부성사

나도 좀 단순하게 사는 사람이 되고 싶어
미리 종부성사를 받았다
단순해지기 위해서는 가진 게 적어야 하고
이곳저곳 관계의 가슴속을 기웃거리지 않아야 하는데
가진 게 적어지는 것이 마냥 두려워
차라리 종부성사를 미리 보는 게 더 나았다
종부성사는 매일 보는 게 좋다
어쩌다 사랑을 잃을 때는 반드시 봐야 한다
사랑하는 이들을 바라보는 내 다정한 눈동자가
초점을 잃고 흔들릴 때
심폐소생술에 간신히 나를 맡길 때
부랴부랴 신부님을 모셔와 보는 것보다는
매일 밤 단순하게 잠이 드는 순간을
종부성사의 순간으로 만드는 게 좋다

성체조배

꽃이 물을 만나
물의 꽃이 되듯
물이 꽃을 만나
꽃의 물이 되듯

밤하늘이 별을 만나
별의 밤하늘이 되듯
별이 밤하늘을 만나
밤하늘의 별이 되듯

내가 당신을 만나
당신의 내가 되듯
당신이 나를 만나
나의 당신이 되듯

해미성당

해미성당 자리갯돌에 손을 대면
돌에서 피가 난다
해미읍성 서문 밖 돌다리였던
자리갯돌에 손을 대면
돌에서 눈물이 난다
자리갯돌에 사람들을 내려칠 때마다
자리갯돌 또한 얼마나 아팠을까
세상의 돌 중에서도 가장 아픈 돌
인간을 자리개질한 가장 슬픈 돌
그 돌에 지금 용서의 첫눈이 내린다
그동안 피어나지 못한 꽃이 다 피어나
날아오지 못한 새들이 다 날아와
두 손 모으고 고개를 숙인다

제4부

오늘의 기쁨

개에게 짜장면을 사주었다
배가 고프면 고플수록 내가 개밥을 먹고
내가 세상에서 가장 먹고 싶었던
짜장면을 개에게 사주었다
기쁘다
눈부신 햇살 아래
짜장면을 맛있게 먹는 개들이 아름답다

겨울밤

우산을 버렸더니 비가 온다
신발을 벗었더니 길이 보인다
늦은 겨울밤
지하철에서 내려 나를 버린다
선암사 승선교에 홀로 서서
평생 나를 기다린
당신의 빈손이 내 손을 잡는다

밤의 목련

백목련이 밤에 핀다
밤하늘에 달이 잠시 꽃으로 피어나고 싶어
눈물로 꺼진 창가에 달빛의 꽃을 피우고 싶어
백목련은 스스로 옷을 벗고
하얀 드레스의 맨살을 드러낸다
내가 밤의 불을 끄고 첫날밤에 너에게 다가갔을 때처럼
너는 이제 나에게 다가오지 않지만
오늘 밤에는 밤하늘에 백목련이 환하게 피어
그 우아한 속살에 하얗게 뺨을 맞대고
나는 이제 매일 죽어도 좋다

그리운 짐승

나의 폐사지에 살았던 착하고 순한 짐승
부러진 부처님 발가락을 찾아 길을 떠난
이제는 아무리 기다려도 돌아오지 않는
내 그리운 짐승
사람은 죽을 때에 하는 말이 가장 착하다는데
나는 죽을 때에 무슨 말로 착해지겠느냐
용서할 시간조차 남아 있지 않은 오늘 아침
봄이 오지 않아도 꽃이 피던 나의 폐사지에서
배가 고파도 늘 웃으며 기도하던
그리운 짐승

낙타를 사랑하는 까닭

내가 낙타를 사랑하는 까닭은
누구나 자기만의 사막이 있기 때문만은 아니다
내가 낙타 중에서도 쌍봉낙타를 사랑하는 까닭은
햇빛이 있으면 그늘이 있고
아침이 있으면 밤이 있고
슬픔이 있으면 기쁨이 있기 때문만은 아니다
낙타를 타고 밤새도록 별을 바라보면서
당신과 뜨겁게 사랑을 나누고 싶은 까닭만은 아니다
나 죽을 때에 사막에 버려져 한 줌 모래가 되기를
간절히 바라는 까닭만은 아니다

고래와 별

별들이 가끔 바다에 빠지는 까닭은
바다의 고래를 만나러 가기 위해서다

고래가 가끔 수평선 위로 치솟아오르는 까닭은
밤하늘 별들을 만나러 가기 위해서다

오늘 밤에도 검푸른 동해 장생포 앞바다에서
별들은 고래의 젖을 배불리 먹고 싶다
고래도 별들에게 마음껏 젖을 먹이고 싶다

황태덕장에서

덕장에 매달려 동해를 바라보는
외로운 네 눈에도 폭설이 쌓였구나
깊은 바다의 파도까지 담았던
텅 빈 너의 가슴에도 대관령이 솟았구나
강원도 평창군 횡계리에서도
누구나 사는 게 혹한이구나
눈보라에 얼었다가 녹았다가
또 얼었다가 끝끝내 풀리지 않았다면
분노의 내 눈물은 황태인 양
부드러워질 수 없었구나

눈사람은 울지 않는다

함박눈이 내리는 보육원 어디선가
드럼 치는 소리가 들리고 눈이 내린다

창가에 부딪치는 드럼 소리가 함박눈이 되어 내린다

강아지를 데리고 놀던 엄마 없는 아이들끼리
마당에 나와 눈싸움을 하다가 눈사람을 만든다
엄마 없는 눈사람을 만든다

드럼 치는 소리는 펑펑 함박눈으로 계속 내리고

엄마가 없어도 눈사람은 울지 않는다

그네

너도 그네를 타보면 알 거야
사랑을 위해 수평을 유지해야 한다는 것을
그동안 네가 수평을 유지해본 적이 없어
한없이 슬펐다는 것을

오늘은 빈 그네를 힘껏 밀어보아라
그네가 결국 중심을 잡고
고요히 수평의 자세를 갖추지 않느냐
너도 너의 가난한 사랑을 위해
수평의 자세를 갖추기 위해 진실해라

너는 한때 좌우로 혹은 위아래로
흔들리지 않으면 그네가 아니라고
더 높이 떠올라 산을 넘어가야 한다고
마치 손이라도 놓을 듯 그네를 탔으나
결국 그네는 내려와 수평의 자세를 잡지 않더냐

사랑한다는 것은 늘 그네를 타는 일이므로

부디 그네에서 뛰어내리지는 마라
수평인 그대로 고요해라

해우소

나는 당신의 해우소
따사로운 햇살 가득 안고
텅 비어 있는 가을의 집
산사에 오시거든 언제든지
나의 집에 똥을 누고 편히 가시라
모든 망상과 번뇌의 똥까지 시원히 누고 가시라
가시다가 굳이 돌아보지는 마시고
발걸음도 사뿐히 떠나가시라
나는 남아 낙엽과 함께 향기롭게 썩어가리니
나는 당신의 해우소
낙엽의 집

선암사 낙엽들은 해우소로 간다

이제는 누구를 사랑하더라도
낙엽이 떨어질 때를 아는 사람을 사랑하라
이제는 누구를 사랑하더라도
낙엽이 왜 낮은 데로 떨어지는지를 아는 사람을 사랑하라
이제는 누구를 사랑하더라도
한 잎 낙엽으로 떨어질 수 있는 사람을 사랑하라
시월의 붉은 달이 지고
창밖에 따스한 불빛이 그리운 날
이제는 누구를 사랑하더라도
한 잎 낙엽으로 떨어져 썩을 수 있는 사람을 사랑하라
한 잎 낙엽으로 썩어
다시 봄을 기다리는 사람을 사랑하라
해마다 선암사 낙엽들은 해우소로 간다

연북정(戀北亭)

기다림에 지친 사람들은 다 여기로 오라
내 책상다리를 하고 꼿꼿이 허리를 펴고 앉아
가끔은 소맷자락 긴 손을 이마에 대고
하마 그대 오시는가 북녘 하늘 바다만 바라보나니
오늘은 새벽부터 야윈 통통배 한척 지나가노라
새벽별 한두점 떨어지면서 슬쩍슬쩍 내 어깨를 치고 가
노라
오늘도 저 멀리 큰 섬이 가려 있어 안타까우나
기다리면 님께서 부르신다기에
기다리면 님께서 바다 위로 걸어오신다기에
연북정 지붕 끝에 고요히 앉은
아침이슬이 되어 그대를 기다리나니
기다림 없는 사랑이 어디 있느냐
그대의 사랑도 일생에 한번쯤은 아침이슬처럼
아름다운 순간을 갖게 되기를

정서진(正西津)

벗이여
지지 않고 어찌 해가 떠오를 수 있겠는가
지지 않고 어찌 해가 눈부실 수 있겠는가
해가 지는 것은 해가 뜨는 것이다
낙엽이 지지 않으면 봄이 오지 않듯이
해는 지지 않으면 다시 떠오르지 않는다
벗이여
눈물을 그치고 정서진으로 오라
서로의 어깨에 손을 얹고 다정히
노을 지는 정서진의 붉은 수평선을 바라보라
해넘이가 없이 어찌 해돋이가 있을 수 있겠는가
해가 지지 않고 어찌 별들이 빛날 수 있겠는가
오늘 우리들 인생의 이 적멸의 순간
해는 지기 때문에 아름답고 찬란하다
해는 지기 때문에 영원하다

겨울 염전

눈 오는 날
겨울 염전에 가면
함박눈이 소금이 되어 내린다

하늘이 소금이므로
소금은 하늘이 내리는 것이므로
하늘과 바다가 다
소금창고가 돼버린다

눈 오는 날
홀로 겨울 염전에 가면
나는 한알 소금이 되어
돌아오지 못한다

만년설

너 아직 여기에 파묻혀 있느냐
청년의 모습 그대로
너를 사랑하는 마음의 모습 그대로
너 아직 여기에 파묻혀 웃고 있느냐
배낭을 베개 삼고 고요히 설산에 누워
떠오르는 붉은 해를 바라보면
걸어간 길보다 걸어가지 않은 길이 더 아름답다
내가 걸어가다가 잃은 아이젠을 신고
내가 가지 않은 길이 웃으면서 따라온다
걸어간 길이나 걸어가지 않은 길이나
오늘은 다 나의 길이다
걸어가지 않은 길이 있어 걸어간 길이 있다
나 아직 무릎 꿇고 기도하는 자세로 파묻혀
눈이 녹지 않기를 기도하고 있느냐
나 아직 파르르 떨며 첫 키스를 하던
너의 입술을 기다리고 있느냐

제비꽃을 보내며

언제나 가난한 사람들이 먼저 죽는다
혼자 있을 때마다 당신과 함께 있었으나
부석사 안양루 돌계단 옆에 핀
접시꽃 곁에도 당신은 보이지 않고
태백선 추전역 앞마당에 핀
코스모스 곁에도 당신은 보이지 않고
어둠의 눈물이 소금처럼 내린다
이제 당신도 웃을 때가 있기를 바란다
고요한 미소로써 우리를 바라보길 바란다
당신에게도 봄은 오는 대로 오고
꽃은 피는 대로 피고
눈은 내리는 대로 내리길 바란다

나의 기차

종착역도 없이 나를 내려놓고 기차는 떠나간다
종착역이 어디인 줄도 모르고 먼저 도착한
친구의 슬픈 기차가 나를 바라본다
신호등도 없는 건널목을 건너 철길 밖으로
그동안 들고 다녔던 운명의 검은 가방을 던져버리고
기차가 차창 밖으로 순간순간 영원히 보여주던
무논의 푸른 벼포기에 발을 담근다
종착역도 없는 역에 나를 내려놓고 떠나간 나의 기차여
논물 속에 어리는 흰 구름의 품에라도 안겨 잠시 쉬고
싶다
농부의 다정한 발소리에 귀 기울이며 바람에 흔들리거나
무논가에 비딱하게 서 있는 전봇대가 되거나
백로 한마리 오랫동안 외발로 서 있는
무논의 해 지는 풍경이 되어 저물고 싶다
출발역을 향해 출발하는 기차는 아직 있는가
종착역도 없이 나를 내려놓고 떠나간 나의 기차는
아직도 나를 떠나고 있는가

사막에서 목이 마르면

사막에서 목이 마르면
아무도 목마르지 않을 때까지
기다려야 한다
사막에서 물을 먹으려면
더이상 목마른 사막이 없어야 한다
사막에 버려진 폐타이어가 다시 길을 달리고
흩어진 낙타뼈가 다시 일어나
모래산을 넘을 때까지
내 신발을 물고 간 사막여우가
신발을 돌려줄 때까지
기다려야 한다
목마른 사막의 마지막 별빛 하나
고향의 우물가에 스러질 때까지

나의 관객들에게

이제 돌아가세요
저의 일인극은 끝났습니다
극장 밖엔 눈보라가 몰아칩니다
서둘러 자리에서 일어나세요
눈물도 웃음도 다 끝이 나
이별 외엔 더이상 보여드릴 게 없습니다
저 무대 밖 나뭇가지에 앉은 새도
지금 막 모노드라마를 끝내고
눈보라 속을 뚫고 갑니다
이제 당신의 발을 씻겨드리고
입 맞출 수 없습니다
오늘도 내일을 두려워하느라
하룻밤 사이에 자꾸 무너집니다
부디 혼자 가지 마시고
객석 옆에 있던 분과 손잡고 가세요
그동안 보내주신 뜨거운 갈채 감사합니다
이제 곧 사막의 별로 여행을 떠나면
저는 당신의 관객입니다

적멸에게 빈손으로

김영희

1. 봄눈, 소멸의 감각

"인생이란 낯선 여인숙에서의 하룻밤과 같다"(「토요일」)
고 말한 사람은 마더 테레사였다. 인생을 여행에 빗대는 것
은 인생을 사유하는 익숙한 방식이기도 하겠으나, 여행의
경로가 '죽음'을 통과하고 있다면, 떠남의 대상이 다름 아
닌 '나' 자신이라면, 목적지가 오로지 '당신'이라는 타인의
오지라고 한다면, 그 여행의 감각은 여실히 정호승의 것이
라고 말하는 것이 좋겠다.

여행이란 흔히 떠남과 돌아옴을 운용 원리로 삼지만 정
호승의 여행은 돌아옴을 특별히 염두에 두지 않는다. 모종
의 사라짐, 그의 여행은 떠남과 비움이라는 존재 형식에 몰

두하고 있다. "너는 왜 떠날 생각을 하지 않니"(「여행가방」)라고 채근하고 자문하며 여행을 통해 자신을 '빈 몸'으로 만든다. 그에게 여행이란 비움을 통해 '가벼워지는 것'과 다르지 않다. 이를 달리 '적멸의 감각'이라고 말하고 싶은데, 그가 인생을 떠남과 소멸로 감각하는 것은 어떤 적멸의 경험과 무관하지 않아 보인다. 불교에서 적멸은 죽음을 의미하기도 하는바, 이것은 시인의 여행이 죽음의 행로를 목도하고 있으며 구체적으로는 아버지의 죽음을 통과했기 때문이라고 생각된다.

> 북촌에 내리는 봄눈에는 짜장면 냄새가 난다
> 봄눈 사이로 자전거를 타고
> 짜장면 배달 가는 소년이 골목 끝에서
> 천천히 넘어졌다 일어선다
>
> 북촌에 내리는 봄눈에는 봄이 없다
> 내려앉아야 할 지상의 봄길도 없고
> 긴 골목길이 있는 사람의 그림자도 없다
> 나는 오늘 봄눈을 섞어 만든 짜장면 한 그릇
> 봄의 식탁 위에 올려놓고 울지 않는다
>
> 마지막으로 세상에서 가장 맛있는 짜장면 한 그릇

    먹고 싶어한 아버지를 위하여
    봄눈으로 만든 짜장면을 먹고
    넘어졌다 일어선다

─「북촌에 내리는 봄눈」 전문

「북촌에 내리는 봄눈」은 소멸과 부재에 관한 시다. 눈은 녹는다. 녹아서 사라지는 것은 눈의 가장 결정적인 운명이다. 그것이 '봄눈'이라고 하면 사라짐은 더욱 절실하고 긴박한 것이 된다. 봄눈의 생리란 그런 것일까. 봄눈이 내리는 북촌에는 봄이 왔으나 봄이 없고, 눈이 내려앉을 지상의 길이 없으며, 사랑하는 사람의 그림자도 없다. 이 같은 부재의 이미지는 아버지의 죽음과 관련이 있을 것인데, "봄눈을 섞어 만든 짜장면"은 이를 여실하게 환기하는 이미지다. "아버지의 마지막 하루"(「아버지의 마지막 하루」)에는 봄눈이 내렸으며, 아버지는 짜장면 한 그릇 먹고 싶어하셨으나 텅 빈 입속에 귤 한 조각의 향기를 채우고 떠나셨다. 그러니 이제 아버지를 생각하노라면 마음의 북촌에는 봄눈이 내리고, 그 눈에선 짜장면 냄새가 나는 것이다.

그러면 시인은 '짜장면을 배달하는 소년'이 되어 아버지의 적멸에 다녀올 것이며, 사랑하는 사람의 죽음 앞에서 넘어지고 일어서기를 반복할 것이다. 그러나 못내 울지는 않을 것이다. 눈물은 정호승 시의 정의롭고 서정적인 세계를 지지하는 하나의 표지였으나 이제 그의 시는 '울지 않음'이라는 새로운 차원을 획득한다. 시인의 슬픔은 그 깊숙한 곳에 분노의 칼을 품고 있어 오히려 눈물이 많았으나 그는 지금 '손에 쥔 칼은 항상 바다에 버린 채'(「손에 대한 예의」) 울지 않기로 한다. 이것은 그의 시에 슬픔이 사라져서가 아니라 그의 서정이 자연의 섭리를 닮아 '자연성'을 내면화했기 때문이다.

> 이슬이 햇살과 한몸이 된 것을
> 사람들은 이슬이 사라졌다고 말한다
> ──「이슬의 꿈」부분

> 살아 있을 때 짊어진 모든 슬픔을
> 그 나무 가지에 매달아놓고 떠나갈 수 있다네
> ──「슬픔의 나무」부분

사람들은 햇살이 비치면 이슬은 사라진다고 믿는다. 이 같은 존재감은 얼마간 서글프기도 한 것이어서 시인은 한때 이슬을 "풀잎의 눈물" 혹은 "새벽별의 눈물"(「이슬의 꿈」)이라고 생각했다. 하지만 이제 이슬을 바라보니 이슬은 사라진 것이 아니라 햇살과 더불어 한몸을 이룬 것이었다. 이것은 사라짐이 아니라 차라리 새로운 생성이라고 해야 한다. 이슬의 꿈은 자신의 존재를 '죽이고' 햇살과 한몸으로 '태어나' 내내 빛나는 것이라는 사실을 아는 데 시인은 평생이 걸렸다고 말하고 있는 듯하다. 그러니 넘어지고 일어서는 것도 슬픔과 극복이라는 이분법이 아니라 있는 그대로의 슬픔의 차원들로 이해하는 것이 좋겠다. 슬픔의 자연성 속에서 소년의 넘어짐도 일어섬도 한몸일 테니 말이다.

그렇다면 "산 자의 신발을 정리하는 일과/죽은 자의 신발을 정리하는 일이/무엇이 다르랴"(「신발 정리」)라는 시인의 물음은 삶과 죽음의 슬픈 경계마저도 넘어서려는 것이 아닌가. 시인은 "살아서는 그 나무에 가지 못하네"(「슬픔의 나무」)라고 애절하게 죽음을 노래하지만 종국에는 '죽음'의 나무에 '삶'의 모든 슬픔을 매달아놓고 '다시' 떠나갈 수 있는 것이다. 그렇다면 이 떠남은 삶에도 죽음에도 기울어지지 않는, 삶과 죽음의 이분법으로는 재단되지 않는 세계로의 여행을 예비하고 있는지도 모르겠다. 소멸의 감각이 쉽사리 슬픔과 눈물 쪽으로 경도되지 않는 이유를 우리는 이같은 "길 없는 길"(「지하철에서 쓴 편지」)의 행로에서 찾을 수 있다.

2. 칼과 자존심의 심장

하지만 기차의 행선은 '나'를 떠나는 것, '나'의 기차는 "종착역도 없이 나를 내려놓고" 떠나간다. 그렇다면 "아직도 나를 떠나고 있는"(「나의 기차」) 기차, 그곳에 내재된 시인의 무의식이란 어떤 것인가. 타인을 한없이 맑고 순한 시선으로 바라보는 것에 비하여, 자신을 응시하는 시인의 시선은 눈물겹도록 엄격하고 가혹하다. "버릴 수 있는 자존심이 너무 많"아 슬펐던 인생이라 했거니와 마치 도둑처럼 들어 "자존심의 심장에 칼을 꽂"(「자존심에 대한 후회」)고 가는 자객은 다름 아닌 시인 자신이다.

지하철을 탄 시각장애인 안내견 곁을
노숙자 한 사람이 낡은 허리를 구부리고
손에 든 모자를 내밀며 지나간다
아무도 동전 한닢 넣지 않는다
전동차는 수없이 문이 열렸다가 닫히고
시각장애인 안내견만이 천천히
꿇었던 무릎을 펴고 일어나
천원짜리 지폐 한장을 모자에 넣어주고
다시 주인 곁에 앉아 말없이 나를 바라본다
동호대교를 달리는 차창 밖에 초승달 하나

한강에 몸을 던진다

──「시각장애인 안내견」 전문

타인의 고통 앞에서, '자신을 대하는' 시인의 자세는 어떠한가. 예컨대 노숙자의 가난과 불행에 대해서 지하철에 탄 사람들 "아무도" 관심이 없다. 노숙자의 낡은 모자에 "동전 한닢 넣지 않는" "아무도"의 무리에서 '나' 또한 예외는 아니다. 그렇게 사람도 시간도 흘러가고, 언제부턴가 이 상황을 굽어보던 시각장애인 안내견 '만이' 노숙자의 가난에 "지폐 한장을" 넣어준다. 그리고 "말없이 나를 바라본다". '나'를 바라보는 개의 시선을 기억하라. 이것은 다름 아닌 시인의 '자기응시'의 시선이다. 이는 자신에 대한 도덕적 검열의 시선이기도 한데, 이 시선에 의하여 시인은 스스로 검열관이 되기도 하고 검열 대상이 되기도 한다.

이 같은 자기응시의 시선은 정호승 시 곳곳에 매설되어 있는데, 여기에는 일종의 약자에 대한 윤리가 잠재되어 있다. 우리는 개가 '나'를 바라보는 시선 속에서 시인이 무의식적으로 감당하고 있는 타인에 대한 책임감과 부끄러움을 동시에 읽을 수 있다. 자신에 대한 도덕적 '이상'이 엄격할수록 스스로에 대한 '비판'의 심역 또한 깊어지지 않겠는가. 정호승 시의 배면에 흐르는 모종의 '무의식적인 죄책감'은 이와 무관하지 않을 것이다. 우리가 이 시를 통해 시

116

인의 자기응시와 타인에 대한 윤리를 읽는다고 할 때, 그
계기가 '시각장애인 안내견'인 것은 자못 의미심장하다. 이
는 궁극적으로 타인의 가난과 고통을 감각하지 못하는, 눈
이 먼 사람(으로서의 '나')에 대한 안내견으로 이해되기 때
문이다.

> 오늘도 새들이 내 얼굴에 침을 뱉고 간다
>
> ──「속죄」부분

> 정성껏 삶아 걸던 무청처럼 저를 삶아 어머니
> 저도 햇볕 잘 들고 바람 부는 처마 밑에 매달아주세요
>
> ──「지하철에서 쓴 편지」부분

　인용하지 못한 시의 앞부분에는 각각 '죄'와 '용서'에 대
한 고백이 나온다. "너희 중에 죄 없는 자가 먼저 돌로 쳐
라"라고 말한 사람은 예수였는데 그 말을 듣고 무리 중에
돌을 던질 수 있는 사람은 없었다. 하지만 "오늘도 새들이
내 얼굴에 침을 뱉고" 가는 까닭은 죄 있는 내가 결국은 그
여자를 돌로 쳤기 때문이다. 그렇다면 그 여자를 돌로 치는
정죄(定罪)의 행위도, 스스로의 얼굴에 침을 뱉는 속죄(贖
罪)의 행위도 결국은 모두 시인 자신에게 속해 있는 것이 아
닐까. 자존심의 심장에 칼을 꽂은 자객도, 시인의 얼굴에 침

117

을 뱉고 가는 새도 결국은 모두 시인 자신인 것이다.

　이러한 죄의식의 근원은 사회의 법이나 도덕이 아니라 시인의 자기응시와 도덕적 엄결성이므로 용서의 계기 또한 자신에게서 연원할 수밖에 없다. 우리는 다만 '무엇을 위하여'라고 섣불리 단언할 수 없는 "기다릴 수 없는 기다림"(「슬픔의 나무」)의 자세에서 시인이 지닌 도덕과 선함의 눈물겨운 일면을 발견할 수 있을 뿐이다. 그러니 우리는 어머니의 손길로 정성껏 삶아져 "햇볕 잘 들고 바람 부는 처마 밑에 매달"려 있고 싶다는 소망에서 그 기다림의 자세를 읽을 수도 있지 않겠는가. 그곳에는 얼마간의 고통과 위로가 공존한다.

　　나는 꼬리가 달린 시인이 되어 성당에 가서
　　의자에 앉지는 못하고 서서 기도하다가 울었다
　　지금까지 내가 인생에게 속으며 살아온 것은
　　내가 인생을 속이며 살아왔기 때문이라고
　　울면서 기도했다
　　　　　　　　　　　　　　　　　—「꼬리가 달린 남자」 부분

　남에게 속은 것과 남을 속인 것, 죄의 여부를 따진다면 우리는 으레 남을 속인 것에 죄를 묻게 마련이다. 이를테면 개와 다름없는 인간을 순전히 인간으로 생각한 것이 '나'의

118

큰 실수였다 해도, 여전히 참회는 속인 자의 몫이어야 할 것만 같다. 하지만 시인은 "내가 인생에게 속으며 살아온 것은/내가 인생을 속이며 살아왔기 때문"이라고 고백한다. '인생에 속아' 꼬리를 달고 "개처럼" 어슬렁거리게 된 것은 바로 자신이 '인생을 속여'왔기 때문이라고 울면서 기도한다. 그렇다면 이것은 타인의 죄를 자기 고통의 형식으로 승화시키는 기도가 아닌가. 정호승은 이처럼 타인과 세상에 대한 화와 분노를 자신에 대한 반성과 학대를 통해 내면화한다. 그러나 이렇게 하여 남게 되는 시인의 정서는 무엇보다 슬픔일 것이고, 그것이 외적으로 표출된 형태가 바로 울음이며 눈물일 것이다. 앞에서 잠시 분노와 눈물을 연결시켰던 맥락이 이와 다르지 않다.

누구를 향한 것이든, 무엇을 위한 것이든 시인에게 사랑은 그만큼의 고통을 동반하는 것이다. 정호승은 「서울의 예수」(『서울의 예수』, 민음사 1982)에 대하여 "그의 괴로움은 곧 우리를 위로해주는 괴로움"(「우리를 위로해주는 괴로움―'서울의 예수'」, 『문학사상』 2000년 9월호)이었다고 쓴 적이 있는데, 어쩌면 그의 시가 그 괴로움을 '수행'(修行/遂行)하고 있는지도 모르겠다. "나의 불행을 통하여 남이 위로받기를 원하며"(「아침에 쓴 편지」) 시인은 이 아침을 시작하고 있는 것일까. 예수의 불행과 시인의 위로는 이제, 시인과 우리 사이에서 반복되는지도 모르겠다.

3. 늙지 않는 사랑 노래

"사랑하다가 죽어버려라". 「그리운 부석사」(『사랑하다가 죽어버려라』, 창작과비평사 1997)의 한 구절이며, 시집의 제목이기도 하다. 흔히 말하는 에로스는 이 사랑의 한 부분일 뿐이며, 정호승에게 사랑이란, 사랑한다는 것의 인내와 사랑한다는 것의 기다림과 사랑한다는 것의 분노를 포함한 '아름다움'이다. 마치 '아픈 꽃'과 같다. 앞에서 살펴본 것처럼 시인이 '스스로를 해(害)하는' 윤리는 궁극적으로 이런 사랑의 노래를 수행해가는 여정으로 이해할 수 있을 것이다. 시인은 지금도 "늙어간다고 사랑도 늙겠느냐"(「산수유에게」)고 어떤 사랑을 다짐하고 있거니와, 이제 우리는 시인의 늙지 않는 사랑 노래를 들어봐야 할 것 같다.

> 사람이 여행하는 곳은 사람의 마음뿐이다
> 아직도 사람이 여행할 수 있는 곳은
> 사랑하는 사람의 마음의 오지뿐이다
> 그러니 사랑하는 이여 떠나라
> 떠나서 돌아오지 마라
> 설산의 창공을 나는 독수리들이
> 유유히 나의 심장을 쪼아 먹을 때까지
> 쪼아 먹힌 나의 심장이 먼지가 되어

바람에 흩날릴 때까지
돌아오지 마라
사람이 여행할 수 있는 곳은
사람의 마음의 설산뿐이다

—「여행」 전문

시인은 우리에게 사람이 여행하는 곳은 "사람의 마음뿐"
이라고 한다. 그중에서도 마음의 "오지"와 "설산"이라고 하
니, 상처 입고 외로운 마음들, 그리하여 이르는 길이 험난하
고 사람들이 찾지 않는 마음들로 우리는 떠나야 하는 것이
다. 시인의 명령이 있다면 오로지 이것, 타인이라는 생(生)의
오지를 향해 떠나는 것이다. 타인의 외로운 마음을 여행하
는 것, 타인의 영토에 손을 담그고 발을 디디는 것, 이것이
곧 사랑이 아닌가. 그렇다면 시인의 여행은 적멸의 행로를
밟고, '나'를 내려놓고 '나'를 떠나, 결국은 타인의 마음의
오지에 닿는 것이다. 그 사랑을 위하여 시인은 독수리 떼가
심장을 쪼아 먹는 고통을 감내할 것이며, 죽음의 순간까지
그 사랑을 멈추지 않는 것이다. 이것은 얼마나 절실한 사랑
의 노래인가. 그리하여 시인의 명령법은 외적인 요구의 형
식이기 이전에 자신에 대한 일종의 주문(呪文)처럼 들린다.

정호승의 시에서 '나'와 타인은 동등하지 않다. 이를테면
그의 사랑 노래에서 타인은 언제나 '나'보다 우위에 있는

존재처럼 보인다. 하지만 이는 타인이 '나'보다 강하고 우월한 존재여서가 아니라 반대로 '나'보다 약하고 가난한 존재이기 때문이다. 이는 곧 시인의 감수성이 '고통받는 타인의 얼굴'(레비나스)을 한결같이 더듬고 있다는 의미이기도 할 것이다. 이런 의미에서 정호승 시의 사랑은 '나'와 타인의 비대칭성에 근거한다고 할 수도 있겠으나 타인에 대한 윤리적 책임감과 무의식적인 죄책감이, 그 숭고한 사랑과 고통이 다름 아닌 정호승 시의 아름다움, '아픈 꽃'의 연원이라고 믿는다.

나도 내 혀를 잘라
곰소젓갈 담그듯 천일염에 담그거나
배고픈 개들에게 던져줘야 한다
침묵의 말을 잊은
내 거짓의 검은 혀를 위하여
                                    ──「혀를 위하여」 부분

눕는 것은 다만 나무의 그림자일 뿐
나무는 눕지 않는다
우는 것은 다만 나무에 기댄 사람들뿐
나무는 울지 않는다
                                    ──「산책」 부분

시인의 늙지 않는 사랑 노래가 새롭게 획득한 사랑의 차원이 있다면 '묵비'(黙秘)와 '자연'일 것이다. 그것은 구체적으로 '바람의 묵비'이며 '자연의 영혼'이다. 정호승의 사랑 노래는 이제 바람의 언어를 새로이 배우고 자연의 리듬을 제 몸에 담는다. 이를테면 시집 곳곳에는 '입'과 '혀'에 대한 부정적인 묘사가 많다. 너무 많은 사랑의 말을 "거짓의 혀"(「축복」)로 말해왔다고 생각하는 것일까. 시인은 "거짓의 검은 혀"를 자르고, 이제는 마치 '혀가 없는 바람'(「바람의 묵비」)처럼 "침묵의 말"을 수련하고 있다. 또한 시인은 "오는 대로" 오는 봄처럼, "피는 대로" 피는 꽃처럼, "내리는 대로" 내리는 눈처럼(「제비꽃을 보내며」) 자연의 섭리 속에서 타인과 세계에 대한 고유한 사랑법을 배운다. 있는 그대로의 자연 '들'로 공존하는 것의 아름다움을 실감하고 있다고 말할 수도 있겠다. 그러니 그는 인간의 시선에 의해 울고 있는 나무에 대해 쓰기보다는 다만 "나무는 울지 않는다"라고 쓴다.

이번 시집에서 정호승은 '손'에 관한 시를 여러편 선보이는데, 그 손들의 표정은 종국에는 모두 '빈손'으로 모인다. 빈손의 윤리라고 말할 수 있을까. "내 손이 먼저 빈손이 되어"(「손에 대한 예의」) 혹은 "나를 기다린 / 당신의 빈손이"(「겨울밤」) 끝내 수행하려고 하는 윤리는 어떤 것인가. 손이 자연을 닮는다는 것은 주먹을 펴고 쥐었던 것을 놓는 것, 바로 빈손이 되는 것일 터. 빈손이 윤리적인 이유는 빈손이 되어야만 '당신의' 손을 잡을 수 있기 때문이다. '빈'〔空〕손과 '맞잡은'〔共〕 손은 서로의 아름다운 전제가 된다. 그리하여 정호승은 이렇게 자연의 섭리와 인간의 윤리가 '공(空)과 공(共)의 서정'을 이루는 노래를 부른다. 사랑 노래는 늙지 않는다.

金怜熙 | 문학평론가

사람은 때때로 자기 삶의 어느 한 순간을 스스로 기념하고 싶을 때가 있다. 이 시집은 지난해에 한국시단에 등단한 지 사십년이 된 것을 스스로 기념하고 싶어서 내는 시집이다. 먼저 시에게 감사하고, 독자에게 감사하고, 나 자신에게 감사하고 싶어서다.

지금까지 나는 시가 있었기에 살아올 수 있었다. 만일 시가 없었다면 내 인생의 의미와 가치를 찾기는 힘들 것이다. 시는 내 인생이라는 여행의 동반자이자 스승이다. 남아 있는 삶 동안 여전히 시의 눈으로 세상과 인생을 바라보고 생각할 수 있게 되기를 간절히 기도하는 마음이다.

이 시집에 실린 79편의 시 중 50여편은 미발표 신작시임을 밝혀둔다. 시집도 시를 발표하는 하나의 장이라는 생각에는 변함이 없다.

2013년 초여름
정호승

창비시선 362

여행

초판 1쇄 발행/2013년 6월 20일
초판 21쇄 발행/2025년 11월 24일

지은이/정호승
펴낸이/염종선
책임편집/윤자영
펴낸곳/(주)창비
등록/1986년 8월 5일 제85호
주소/10881 경기도 파주시 회동길 184
전화/031-955-3333
팩시밀리/영업 031-955-3399 편집 031-955-3400
홈페이지/www.changbi.com
전자우편/lit@changbi.com